너는
바람으로
구름으로
내 곁에

너는
바람으로
구름으로
내 곁에

김상택 시집

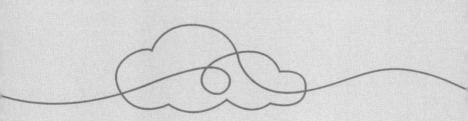

홍영사

오늘은 나의 술잔이 초라합니다.
미안한 사람들이 많아지고
고마운 사람들이 더욱 많아지는 하루입니다.
사람들….

자꾸만 시장 어귀를 쳐다봅니다.
삼십 촉 백열전구는 여전하지만
나는 그리운 사람이 못 되나 봅니다.

좌판 위에서 비틀거리는 바람,
눈물을 마실 줄 아는 사람이 부럽습니다.

시를 사랑하는 사람들을 만나며
조금씩 시를 닮아가는 내 모습을 보면서,
아니, 닮아가고프면서,

― 김상택

김 상 택

해와 그 림 자

당신의 기쁨이
나에겐 슬픔인 것처럼 느껴 집니다
당신께 가까이 할 수도 없는
먼 구경꾼인 나에게
당신은 너무도 크신 임이 됩니다.

당신의 행복이
나에겐 불행인 것처럼 느껴 집니다
당신과 이야기조차 나눌 수 없는
긴 그림자인 나에게
당신은 너무도 밝으신 해 이십니다

저는 달이 되고 싶습니다
어두운 밤 하늘을 비추는 달이 되고 싶습니다
헤어신 당신으로인해 빛을 발하는 달이고 싶습니다

안개가 끼입니다
한치 앞도 볼 수 없는 짙은 안개가
당신을 볼 수도 없읍니다
전 당신을 잃은 것만 같읍니다 .

7

차례

3

발문

엮고 나서

이 순간

이 순간
시간이 공간이 의미를 갖는다
나와 함께하고

이야기하고 싶다
누군가 말을 건네준다면
그래, 행복은 이곳에 찾아들고

세 번째 사랑을 할까
그리운 이 없어도 마음은 충만하고
눈물은 흘러
사랑을 할까

빛바랜 추억

나에게 생을 내던질
어리석은 용기라도 있다면

창가를 부딪는 싸늘한 미소엔
어느덧 눈이 내렸다

때를 잃은 벌레의 노래는
또 하나의 슬픔을 가져왔다
텅 빈 밤하늘
드문드문 널부러진
빛바랜 애상들이
추억이란 의미로
나를 괴롭힌다

장미의 눈물

안개 속에 한 떨기 솜사탕
분홍빛 그늘이 드리웠습니다

가시 위에 돋아난 생명의 눈물
나만의 슬픔으로 피어납니다

백설의 잔디 위에 아름다움은 당신
내 마음속의 장미입니다

퇴색한 검은빛 향기로
당신의 옛 그림자를 키우렵니다

장미의 미소

너는 무척이나 꽃을 좋아했지
난 비를 좋아하고
아니, 어쩌면
비 온 뒤의 맑은 도시를 사랑하는지도 몰라
우리가 매연 속에 찌들어 살기에
그래서 우린 자주 비 오는 길을 걸었지
그땐 세상 모든 것이 선명하게 비춰진다
아름답다
비로소 제 모습을 되찾은 듯이
고궁 안의 나무는 더욱 푸르고
아스팔트에는 하늘이 담겨 있고
화원 속의 빠알간 장미도 노오란 튤립도
더욱 예쁘게 보이고
하얀 안개꽃은 진짜 안개처럼 슬며시 피어나고…
나는 한 번도 너에게 꽃을 준 적이 없다
가난이란 벗이 있기에
한 아름 피어 있는 보랏빛 장미는
소유할 수 없는

언제나 곁에만 머물러 있는
우리들 마음처럼 웃고 있을 뿐이다

뒷모습에

뒷모습에 가슴이 저려왔다
이미 잠재워두고
꿈으로 감추려 하였는데

유리 파편에 바람이 스친다

연기처럼 아픔은
그렇게 떠나버릴 것을

초라한 손마디에
몸부림의 열기가 스며든다

파문

그것은 파괴였다
선뜻 소름이 돋는
어둠을 재촉하는 통곡

댕…

불사른 책가위 너머로
산들은 노을을 벗어버리고

댕…

나를 가두는 소리의 공간

댕…

우리는 도시를 추방시켰다

거지를 보았다
나를 피해
다리 밑 침울한 그늘 속으로
흔적을 묻었다

눈빛은 아직 빛난다
문명의 눈총을 피해
마지막엔 뛰어야 했다
꿈을 엿본 도둑처럼

언어 뒤에 숨겨둔 장미
담배 연기에
잠들어버렸다

자정의 산책

죽음을 맴돈다
바람처럼
썩은 고깃덩이의 잔향을 음미하며
낯설은 동료들에 의심을 품고
신음의 땅을 투과한다

허연 그림자
뒷모습을 보며 등을 보이고
세 번째의 의미들
추락의 만남
스쳐가는 굉음으로

나는 간다 — 팔랑개비를 돌리며
난지도를 향하여

모래성

내가 앉은 의자에 돌이 되어 머물고 싶다
마음만은 굴뚝같아도 한 발자국도 움직이지 못하는
그런 돌이 되리라
이곳에서 티끌을 모아 작은 성을 지으리라
먼지성, 모래성,
바람이 불면 날아가버리는 나약한 성을
성이 다 지어지면 나는 그 속에 들어가서
성과 함께 바람에 날려 가리라

빗방울의 비명 속에 선율이 흐르고
떠오르는 태양의 굉음으로 단잠을 깨워도
성 안에 내가 갇혀 있을 테다
먼지를 먹으면서
나 또한 모래성이 되리라
누가 찾아와 입김을 불면
멀리멀리 달려가 사라져버리는 티끌이 되리라
어느 곳에서 난 또다시 태산이 되려고
남의 몸에 나를 맡기고

남의 몸을 나에게 의지하며
다시 끝없는 축척을 치겠지
위치 속에 죄와 벌을, 선과 악을 규정지어야 하는
당연한 모순을 엎자, 뒤엎자
그 뒤에 내가 동화 속에서
나를 물구나무 세우자
세상을 거꾸로 다

회상

나의 고향에 갔었다.
조그만 달동네, 개미마을

변했다.
내가 떠나오기 전까지는 밝은 색이 가득했는데
지금은 회색빛 그림자가 드리웠다.
난 그곳에서는 완전히 소외되었다.
오늘 본 그곳은 별천지처럼 느껴졌다.
난 단지 한 걸음 옆으로 물러났을 뿐인데
왜 이리도 멀리 격리되었는지….
햇수로 4년
그동안 난 모든 사람들이 기억 속에서 잊혀졌다.
나 또한 그들을 잊고
갖기 위해선 배워야 하는
단순한 진리에 질투심이 인다.
사람들의 기억 속에 있음에
난 살아 숨 쉬는 것인데….
그들도 어제까지 내 앞에선 죽음이었다.

내가 죽음이었던 것처럼
누구나 잊어야 한다면
그건 인간에게 주어진
가장 큰 비극이다.
그들이 사랑하는 사람이라면….

의심

4. 모르고 살아야지

3. 알고 모르는 것은 겸손이고
   모르고 아는 것은 위선일까?
   천재와 천치는 말끝 차이인데
   바보와 나는 쌍둥이

2. 약 주고 병줄까?
   병주고 약 줄까?
   내가 배운 대로라면 병 주고 약 줘야지

1. 모르는 게 약이라면
   아는 게 병이라면
   모르고 아는 것은 알고 모르는 것일까?

우리의 우정

　너희들이 좋았다. 그래서 자리를 함께했는데, 이제 너희들을 사랑하므로 나는 너희들 곁을 떠나겠다. 물이 차서 넘쳐 흐를 때 그릇은 그 소임을 다한다. 가득 찬 그릇은 이젠 그 가치를 잃어버린다. 비어 있는, 아무것도 담겨 있지 않은 빈 그릇만이 우리에겐 필요할 것 같다. 찰랑찰랑 난 너희들을 넘어 그릇 밖으로 떨려 나려 한다. 이젠 우리들의 몸으로 비대해진 자율 속에서 난 방종이 되어버리겠다. 책임과 의미를 수반한 무거운 자유보다는 요구 없는 발가벗은 한없는 자율이 더 좋다. 네가 좋다. 너희들이 좋다. 측량할 수 없는 깊이만큼, 채울 수 없는 넓이만큼 나의 우정과 너희들의 우정은 그렇게 깊고도 넓어야 한다.

어른이

가요가 가슴에 와 닿을 때
짜장면이 싫어졌을 때
누군가 어른이 된다고 했다

난 아직 어른이 싫다
하얀빛 사랑을 해야 한다
너하고

네 생각에 눈물이 날까?
말하고 싶은 많은 말들이
이젠 아무 의미가 없어졌다

마음만,
마음만이 우리를 이어주는
서로의 대화가 될 수 있다

걷고 싶다, 강변을
찬바람을 맞으며 우리의

하얀빛 사랑을 흩날리리
강물 위에 떠가는 우리의 사랑 따라
나도 가리라, 안녕!
아직은 너무 이른 말일까?
난 널 사랑하는 걸까?
아니면 좋아하는 걸까?
둘 다 아니고 싶다
너 옆에 별이 되어 남고 싶다

이유

모두가 다 그림자라면
차라리 좋겠네
구름에 가린 서울 별도 제자리를 찾고
스치듯 멀어지는 그리운 사람들도
헤어지는 이유를 갖게 되는 거지

눈을 감아도
다 사랑하는 거지
돌이킨다고 미워지는 그런 오해는
이젠 없어질 것을

그래, 눈물도 필요없잖아
슬플 것 없어
너와 너는 구별할 수 없는 쌍둥이
나는 나는 반복되는 시간 속에
부끄럼이 더해지고 자꾸만 커지고

문짝에 대롱이는 둘 인형 둘 인형

너희도 그림자

하늘거리는 별들도 그림자

죽어가는 너의 빛자락도 그림자

난 살아가는 이유가 없다

자살 현장

죽음을 목에 걸고 어디든 걸고
종로 바닥을 헤아린다
비뚤어진 시선
갸웃한 고개를 저들이 흔들며 온다

웃음거리가 되어
시퍼런 몸뚱어리가 빛을 발한다
떠오른다, 사람들
머리 위 숨어들 안식처로

피 묻은 끈 ─ 새끼
18층 창틀에 대롱대롱

나의 시어詩語

　오래전부터 시작된 빈혈과 편두통으로 눈이 점점 침침해진다. 나락과 같은 현기증은 머리카락 마디마디를 곤두서게 하고, 나의 시력은 동물을 인지할 뿐. 이제 바람이 방사하는 빛깔과 향기는 피부의 간지러운 삼투압으로 기억되고, 나의 시어詩語는 혀끝을 맴돌아 마비의 경련으로 신음하며 불면의 토사물을 허옇게 내뱉기 시작했다.

부반장 선거

가슴은 두근거리고 얼굴은 벌개지고
목은 사슬에 묶이는 치사한 언어들로 타들어갔다.
나의 이름난에 작대기 하나 그어지지 않고,
결국은 내가 찍은 부끄러운 지렁이 한 마리
욕심이 많아 이리 된 것이다.
난 하고 싶었다.
부반장이.
짧지만 가슴 뛰던 작은 경험이었다.
패자의 비애로 웃으며 악수를 청하고
말을 잃은 어둠 속으로 묻힌다.
언제까지 못난 놈이 되어야 하나?
왜 잘난 놈이 될 수 없을까?
시험이라기엔 기대가 너무 컸기에
내가 민주 시민이라는 것을 한껏 잊어버린다.
난 다만 한국인일 뿐.
감투쯤 없어도 하나로 숨 쉴 수 있다.
우리 핏속엔 누구나 하나로 흐르기 때문이다.
한얼의 뜻이.

바른독서회

중앙고등학교 1학년 김상택입니다.
이제 2학년이 됩니다.
고 2가 되는 때에
바른독서회에 든다는 것이 아쉽기만 합니다.
좀 더 빨리 바른독서회를
알았으면 하는 생각도 듭니다.
앞으로 대학에 들어가기 위해서
공부에 쫓길 것입니다.
제 생각은 이렇습니다.
바른독서회나 학교 서클보다는
공부가 그래도 우선이라고는 하지만
내 꿈이랄까, 이상을 찾기 위해서는
공부보다는 과외학습을 먼저 선택하겠습니다.
저는 바른독서회를 사랑할 수 있도록 하겠습니다.

세발자전거

내가 지금 세발자전거를 타고 여의도광장을 누비면
다른 사람들이 이상한 눈초리로 웃음을 터뜨릴 것이다
하지만 세발자전거는 두발자전거보다 안전하다
가만히 서 있어도 넘어지지 않는다
하지만 두발자전거는 넘어진다
멋있는 두발자전거는 자기의 몸을 지탱하지 못한다
그래서 그들에게는 다리가 하나 더 있다
따라서 그들은 세발자전거이다
우리는 두 발이기를 원하겠지만
결국은 세발자전거가 된다

어둠의 빛

지하철이라는 공간에서 여러 사람과 우연한 인연을 맺게 된다. 이야기도 나누지 못할 각박한 인심만 쌓여 있고, 경계의 눈초리로 서로 보아야 하는 도시 생활에서 아무것도 안 보려면 차라리 편할까?

키가 작은 아저씨가 색안경을 쓰고 지팡이를 쥐고 있다. 그때 난 동정심을 갖지 않기 위해 무척 애썼다. 그는 나의 거칠어지는 호흡을 노리는 걸까? 그 아저씨는 당당했다. 난 행여 그와 스치기라도 할까봐 무척 조심했다. 신체적으로 조금이라도 낫다는 내가 무엇이 있어 그에게 접할 수 없는 것일까? 그는 느꼈을 것이다. 그런 점 하나도 바로 동정일 수 있다는 것을…. 장애인을 똑같이 대하는 것은 꽤 어려운 일이라는 고정관념이 박혀 있다. 그를 나와 똑같이 대할 수 없다는 것이 슬픈 일이다.

내릴 때에도 비켜서 내린 나 자신에게 묻는다.

과연 너는 비장애인인가?

대화

쭈글이는 어떠합니까?

    쭈글쭈글하게 생겼습니다.

쭈글이는 어떠합니까?

    내 새끼손톱보다 못생겼습니다.

쭈글이는 어떠합니까?

    아는 것도 없는 놈이 잘난 체만 합니다.

쭈글이는 어떠합니까?

    겁 많고 용기가 없습니다.

쭈글이는 어떠합니까?

    겉멋만 들고 얍삽하지.

쭈글이는 어떠합니까?

    그 새끼 자기 주제도 모른다, 마!

쭈글이는 어떠합니까?

    친구를 위하지도 않는 나쁜 놈이다, 임마!

그래요? 그럼 쭈글이는 누구입니까?

    바로 나다, 임마!

나가 누굽니까?

    바로 나다, 임마!

그럼 나는 누구입니까?

　　미친 놈! 지랄을 바케스로 하고 자빠졌네.

　　니도 모르는 니를 나가 우예 아노!

이슬

라디오에서 흘러나오는 음악에 계절을 안다.
눈이 소복히 쌓인 크리스마스는 풍요롭다.

라디오에서 흘러나오는 노래에 귀를 기울인다.
나의 마음은 노랫말과 함께 슬픔을 나눈다.

라디오에서 흘러나오는 음성에 고개를 수그린다.
언제나 다정한 그 목소리에 위안을 받으며….

라디오에서 흘러나오는 외침에 피가 끓는다.
　— 민중이여, 참민주주의로 나아가자.
　　긴 밤 지새우고 풀잎마다 맺힌—

그래! 난 이슬이다. 난 이슬이고 싶다.
짧게나마 이 세상을 영롱하게 비추는….

넌 사무치는 바람이 되어
넌 이글거리는 태양이 되어 나를 바랠지라도….

난 작은 이슬이 되어 외치리라.
난 작은 이슬이 되어 절규하리라.

용 바라기

눈가를 스치는 이름에 바람을 씹는다
혼자이고 싶은 고독에 우울을 삼킨다

쥐는 자라서 용이 되고픈 마음에
알알이 사랑을 영글고…

말뚝이의 말발로 자유를 버리고
안개를 마시며 빗물을 머금고

하나 되고픈 간절한 바람으로 떠나련다
당신만의 별이 되고픈…

둘 바라기

하나를 뛰쳐나와 둘로 섞이면서
배고픔과 외로움을 절실히 느낀다

나와 한마디 말이라도 나눌 사람이 있다면
하지만 사람을 피하기 위해
사람을 만나야 하는 비겁으로 인해서
나만의 둥지를 틀고 있다

일방통행하려는 모든 것들에게
거슬러 올라가려는 나의 마음은
설렘과 무서움으로 아스라히 사라져가고

검은 하늘에 마음을 달래며
파란 하늘에 눈물을 마신다

판소리를 들으며

국립극장 소극장은 아늑하다.
우리의 것을 사랑하는 사람들이 모인 우리의 자리.
국악이 뭔지도 모르는 내가 이런 숭고한 자리에
함께 동참한다는 것은 나에게 큰 기쁨이다.
책에서 글로만 보던 판소리를
직접 현장에서 같이 숨 쉬며 같이 느낀다는 것은
결코 헛된 일이 아니다.
학력고사 1점을 더 얻느니
차라리 우리의 동아리에서 나를 찾겠다.
장단과 추임새는 결코 먼 나라의 소음이 아니다.
바로 나 자신, 우리들의 소리이며 음률인 것이다.
태동부터 들려오던 그 소리를
결코 헛되이 버려서는 안 된다.
우리에겐 해금이, 가야금이, 거문고가 있다.
저들의 바이올린이, 첼로가, 기타가 무엇이 부럽겠는가?
나 같은 국악 쭉정이가 용 좀 쓰겠다.
새파란 청소년들이여,
너무 시험에 눌리지 마라.

걸음마는 이제 필요없다.

걷는 거다.

스스로 뛰는 거다.

청소년들이여, 쪽빛이 되자.

〈한 아이〉를 읽고

가장 위대한 사랑은 어머니의 사랑이라고 했다. 그런데 어머니의 사랑으로도 어찌할 수가 없는 아이들이 있다. 지적장애아, 정신분열 증세가 있는 아이들, 심한 우울증, 자폐증, 그런 특수 아동들을 사랑하는 마음은 어머니의 사랑보다도 위대하리라고 생각된다.

내가 하고 싶은 일은 선생님이다. 아이들을 자연 속에서 가르치고 싶다. 그런데 자연 속에서 자랄 수 없는 아이들. 사회 속에서 생활할 수 없는 아이들을 나라면 키울 수가 있을까?

여섯 살짜리 반항아―. 두 살 때 어머니에게서 버림받고 술주정꾼 아버지 밑에서 외롭게 자란 아이가 있다. 세상 사람들에게 버림받은 아이가. 항상 혼자이기를 원하고 말도 하지 않고 울지도 않으며, 본능적인 공격적 성향을 가지게 된 아이가. 나는 얼마만큼 그 애를 이해할 수 있을까? 그리고 내가 그 애를 어떤 방식으로 대하고, 보통 어린이가 되도록 가르칠 수 있을까?

사람이라면 누구나 착한 마음을 가지고 태어난다고 믿는다. 그 순수한 탄생이 어느 곳에서 길들여지는가에 따라서 사람들도 변할 것이다. 나는 순수한 탄생을 정말 아름답게 만들고 싶다. 어린이 그대로의 아름다움을 지닐 수 있게 하고 싶다.

---

* 〈한 아이One Child〉는 미국의 특수교육 교사이자 교육심리학자인 토리 헤이든Torey Hayden이 자신의 체험을 담은 책으로, 아동교육·특수교육·심리학·교육학 등의 고전으로 꼽힌다. 어머니에게 버림받아 고속도로에 버려지고, 알코올과 마약중독자인 아버지에게 학대받는 소녀 쉴라가 절망을 딛고 일어서는 놀라운 의지와 용기에 세계의 독자들이 찬사를 보냈다. 독서 감상문 성격의 글을 산문시 형식으로 꾸몄다. [편집자]

아베마리아!

하나, 둘, 셋, 넷, … 열여섯, 열일곱, 열아홉,
지하철 계단을 오르며 난 이 거리의 이방인이 된다.
많은 자동차들의 호위를 받으며 성모마리아님이 아기
예수를 안고 있다. 아기 예수가 매연 때문에 속이 거북
하실 것이다.

복음이 흘러나오는 대성당으로 들어서면서 가슴을
울리는 압박을 받는다. 내가 이 자리에 섞일 수 있는가?
　— 난 사탄일지도 모르는데.

스피커에선 신부님과 수녀님의 말씀이 흘러나온다.
그분들의 목소리는 아름답게 들리지만, 하나님이나 천
사들의 목소리가 아닌 것 같다. 나의 뒤에서 기도하고
찬송하시는 어느 남녀의 목소리야말로 진정 하나님과
천사들의 목소리가 아닐까?

종교의 자유와 현대문명의 이기로 인해 점점 멀어
져가는 듯한 종교의 진리에 문득 서글퍼진다. 조선 말

기에 우리의 천주교도들은 갖은 박해와 불신 속에서도 하나님의 복음을 전하며 사랑을 전했다. 그분들은 자신의 목숨을 기꺼이 하나님께 드릴 수 있는, 드렸던 분들이었다. 많은 짓밟힘과 갖은 시련을 이기며 더욱더 잘, 꿋꿋이 일어서는 잡초와 같은 저 높은 첨탑을 가진 성당 안에는 신자들의 믿음과 주에 대한 찬송으로 경건함이 그득하다. 하나님께서 보시고 기뻐하실까?

'신은 바로 그들의 피다'라고 했다. 나의 핏속에는 어느 신이 계실까? 부처님일까, 하나님일까, 아니면 알라일까? 아니다. 나의 핏속에는 엄연한 단군의 피가 흐른다. 그러기에 저들이 찬양하고 찬송하고 기도드릴 때 나는 그 어느 것도 하지를 못했다. 마찬가지로 나는 나의 핏속에 흐르는 단군 할아버지께도 무심했다. 우리말과 우리 것을 알자는 별처럼의 모람이 되었건만 내가 얼마나 우리의 것을 알고, 또 우리의 조상을 알고 있었는가?

성당을 나오며 근로자들의 외침에 눈길을 던진다. 나의 마음을 던진다. 그들의 외침, 아니 바로 우리들의 외침을 주께서는 방관만 하시는가? 명동에는 휘황찬란한 빛과 수많은 사람이 넘실거린다. 작은 소망과 큰 희망을 지닌 사람들 사이에서 나도 명동의 ET가 되어 본다.

---

* 수필 성격을 글을 산문시 형식으로 꾸몄다. [편집자]

2

꿈

네가 내 곁에 있으면
난 꿈을 꾸고 싶다
무지개를 타고 구름 위를 뛰노는
그런 즐거운 꿈을

이런 꿈

졸음이 옵니다
자고 싶습니다
호랑이가 물어 가더라도
낯선 이가 업어 간대도
나는 자야만 합니다

행복이 없는 꿈을 꾸고 싶습니다
행복이 없는 곳은 불행도 없을 테니까

꿈이 없는 꿈을 꾸고 싶습니다
꿈이 없는 곳은 실망과 좌절도 없을 테니까

사랑이 없는 꿈을 꾸고 싶습니다
사랑이 없는 곳은 가슴앓이도 없겠지만

만약 당신께서 내 곁에 계시다면
나는 잠을 자지도 꿈을 꾸지도 않을 겁니다
행복과 희망과 사랑을 함께하고 싶습니다.

나는

나는 물입니다

산꼭대기에 있는 작은 옹달샘입니다

어느 날 나에게 작은 파문이 일었습니다

바람일까요?

산신의 장난일까요?

당신의 따스한 눈길일까요?

나는 내 보금자리를 떠나 방황하게 되었습니다

.

.

.

.

.

만약에라도 내가 저 아래로 떨어지면

나는 어떻게 될까요?

하늘만 보면

하늘 너머 길을 따라
생각들을 쫓다보면
어느덧 떨어지는 구름
살갗을 여문 지붕들에
해의 파편이 걸터앉고
나뭇가지 사이로 불어오는 바람
멀리 희미한 숲속에
길 잃은 나뭇꾼이
이제 잠을 청하고
검게 찢어지는 하늘이
그 산을 감추고
반사된 허상들로 되돌려지면
그제야
백지 위에 그려진 의미들

?

저는 항상 처집니다
짝을 잃은 외로운 다리 때문일까요?

저는 항상 고독합니다
임을 잃은 쓸쓸한 마음 때문일까요?

그런 나에게 당신의 여명이 찾아들었습니다

저는 항상 행복합니다
따스한 당신의 위로 때문일까요?
저는 항상 용기를 잃지 않습니다
해맑은 당신의 웃음 때문일까요?

사랑 아픔

슬픔이 밀물 되어 올 때
안개를 헤집고 당신을 찾아가리
커고 싶은 마음은 달래며 당신 곁으로 찾아가리
끝없는 망망대해에 저 별이 당신 되어 떨어질 때
내 눈에 눈물 흘러 해묵은 연가를 부르리

우린 처음부터 잘못 끼워졌습니다
당신은 위에, 난 아래에 있어야 하는데
우리 같이 있으면 안 됩니다

만날 수 없는 철길 위에
우리 하나씩 몸을 태웁니다
어느 것이든 옆에서 같이 가겠습니다
만나지 못한다 해도
난 항상 당신 곁에 있을 수 있겠지요
당신을 보면 무슨 말을 할까요?
사랑한다는 말로는
너무 미약한 존재인 내 마음을

나의 그늘

내 맘속에 그늘이 드리웁니다
찌는 햇살은 당신의 몸을 얼립니다
내 맘속, 나의 그늘에서
당신의 몸을 녹이십시오
내리는 가랑비는 당신의 마음을 불태웁니다
이리 오세요
나의 그늘
내 맘속에서
당신의 마음을 삭이십시오
난 당신으로 인해
하얀 그늘이 되렵니다

화化

꽃은 죽었다
마음 수면에 가리운 달

회색 심장
푸슬한 눈길을 오물거리던
서투른 거짓을 토해버려

풀숲에 드러누워
바다를 보면
가을은
그래도 파랗다

정숙

그림으로 간직하고 싶습니다
화분의 한 송이 국화도
붉은 벽돌의 푸른 담쟁이도
하얀 하늘을 가르는 참새도
바람에 하늘거리는 커튼도
창을 스며들어오는 가녀린 햇살도

습작

나를 괴롭히는 것이
피부를 찌르는 어둠 속에 있다
토사물이 길거리든 어디에든…
입김만이라도 갈대의 떨림을 멎게 하고 싶다
너는 바람으로 이슬로 내 곁에

한둔

오징어를 씹고 있는
한 무리의 사람들이 지나간다
뭉툭한 이빨을 가진
클레오파트라의 사자가 뒤돌아 울고 있다
말라버린 어미 개의 몸처럼
아이들은 강물이 되어가고 있다
해변에 맞닿은 아스팔트 길을 따라서
헉헉거리고 있다
코끝에는 모기가 앉아 있다

눈길 위를 걸으며

눈이 내리고 있습니다
소복이 쌓인 새벽을 걷습니다
순결한 눈길 위를 나 혼자 걸어갑니다
나를 따라가는 것은
나의 그림자와 나의 발자국뿐입니다

어느 누구의 간섭도 받지 않은 곳을
나 혼자만이 파괴합니다
항상 가만히 가만히 살려고 노력하는 나에게
아직도 성취욕이 있다는 것이 놀랍습니다

생명이 없는 눈일지라도 피해를 주고 싶지는 않지만
정복하고 싶은 내 욕심에 작은 추상화를 그립니다
외롭고 쓸쓸함만이 감도는 그림입니다
나 혼자만이 서 있는…

그 누구의 간섭도 받지 않습니다
내가 왕이고 내가 신하고 내가 백성입니다
어쩌면 나는 아무것도 아닐지 모릅니다

나는 그냥 공空일지도 모릅니다
자연 속에 묻혀 있는…

안기고 싶습니다
순결한 눈길 위에
사라지고 싶습니다
겸허한 자연 속에

결심했습니다
나는 눈사람이 되겠습니다
누구든지 오세요
그래서 나를 보세요
눈뭉치로 나를 맞히세요
여러분 자신이 눈이 되고 눈뭉치가 되세요
나와 함께 자연 속으로 사라집시다
그래서 같이 자연을 만듭시다

자정의 운동장

외등, 의자, 사람들

빈 의자는 옆에 두고
편안하구나

외등은 눈길을 떨구고
빈 의자는 터덜터덜
운동장을 가로질러 가는구나

술, 친구들, 안개

테이블의 가는 숨소리
아름답구나

비가 내리고 내리고
주머니에 숨겨놓은 손가락들
울고 있구나

자정의 운동장을
터덜터덜 걷는데
외등은 살며시 플라타너스로
가슴을 가리는구나

아침
― 1984년 10월 14일 일요일

동이 트고 있나 봐요
유리창 밖이 파래요
사직공원 비둘기들 생각이 나요
일요일 새벽에 약수터에 간다고
종호하고 산길을 따라 뜀박질을 하곤 했어요
약수 한 바가지 마시고 돌아서면
차가운 아침 공기가 우리 앞에 있어요
철 지난 잔디밭은 하얗게 서리가 내려 있고
그 위엔 비둘기 발자국들이 어지러이 찍혀 있어요
내 발바닥도 가슴도 시원하게
아침이라고 말하고 있어요
망설이다가 창문을 열어 봤어요
모과나무 잎새들 사이로 샛별이 있어요
엄마가 일어나시고 우리 집 꼬마도 꼬르륵 짖어요
아침을 먹고 나면
구멍가게 할아버지한테 달려가야겠어요
할아버지는 옛날이야기도 많이 해주시고
사탕도 주고 그러셔요

다른 나라 이야기도 많이 해주셔요
사막 이야기, 낙타 이야기, 바다 이야기도 해주시고요
그런데 구멍가게 할아버지한테서는
꽃향기가 나는 것 같아요
그래서 더 좋아요

쓴 생각

사람이 그리워질 땐 노래를 불러라
뜻 모를 가사에 내 마음을 실어
당신이 알 수 없는 의미로 보내야지

말 못하는 내 마음 알까 두려워
자꾸만 어둠 속에 밀려가는 내 마음
작은 사랑

별은 어둠 속에서만이 빛을 낼 수 있습니다
당신은 별이 되고 나는 어둠이 되렵니다
어둠이 당신을 품으렵니다

안개꽃 한 송이에 사랑을 싣고
하얀 장미 한 송이에 눈물을 띄워 보냅니다
당신은 장미를 갖고 나를 떠나시렵니까?

당신 향한 내 슬픔이 자꾸만 깊어지면
내 얼굴엔 웃음이 핍니다

눈물 머금은 웃음으로 당신을 보내야 하나요?

날아가고 싶습니다
이 세상 모든 허물과 허위와 잘남을 벗고서
그대 없는 머나 먼 곳으로
— 그대 마음속으로 떠나겠습니다

소용돌이

초조합니다.
숨이 가쁩니다.
당신을 처음 본 순간부터
나에게는 열원히 약속될 것 같은
희미한 느낌이 옵니다.

흰 눈 위를 뛰노는 강아지처럼
마음이 설렙니다.
사랑도 아닙니다.
그저 어지러운 마음뿐입니다.

음악을 들어도
책을 읽어도
도저히 가라앉힐 수 없는
소용돌이치는 작은 내 마음속을
회오리치는 작은 내 마음속을
당신만이 살필 수 있습니다.

그대와 함께 있는 순간순간이
나에게는 영원처럼 느껴지기를 바랍니다.
그대와 멀어져 있는 순간순간이
안개 속을 헤매는 마음이기를 바랍니다.

뫼와 까치

하나였기에 무서웠다.
그래서 여럿이 되었다.
하나와 여럿 사이에는 담이 있었다.
하얀 눈을 뭉쳐서 깨어버리고 싶은
그런 담이었다.

땀을 흘리며 한 발 한 발
꼭대기를 향해서 걸어간다.
여럿과 하나가 서로 도와가며
이제 더 이상 오를 곳이 없다.
있다면 하늘뿐
아래를 굽어보면 가슴이 트인다.
나는 날개가 없어도 떨어질 수 있다.

이룸 뒤의 아쉬움을 바람에 띄워
저기 저 뫼 너머로 날려 보낸다.
나의 사랑을 구름에 실어
저기 저 안개 너머 너에게 전한다.

눈꽃 위의 까치가 너처럼 보인다.
까치는 내게서 날아가려 한다.

눈싸움

나는 너와 눈싸움을 하고 싶다.
나의 눈길에 내 마음을 품어
너에게 주고 싶다.

말할 수 없는 사랑이기에
보여줄 수 없는 사랑이기에
네가 느끼기만을 바랄 뿐이다.

너의 눈에 이슬이 고이면
나는 너의 손을 잡으며
내 사랑을 너의 마음에 전하고 싶다.

너에 대한 나의 마음을
사랑이라 부른 것에 대해
아름다운 죄책감을 갖고 싶다.

얼굴

그대를 보면
내 얼굴에 동그란 물결이 인다
그대를 보면
내 얼굴에 작은 별이 뜬다
언뜻 스쳐간 너의 얼굴에
내 얼굴엔 조그만 웃음이 피었고
내 마음엔 조그만 아쉬움이 영글었다
소리쳐 부를 수 없는 그대의 이름이기에
나는 마른침을 삼켜야 했다

우울한 듯한 너의 얼굴에
난 슬픔을 느끼며 작은 눈물을 흘렸다
너의 발걸음은 멀어져만 갔기에
난 어두운 외로움을 느껴야 했다

모래와 불씨

멀어져가는 너의 마음은
꺼져가는 모닥불처럼
너에게 아쉬운 희나리가 되면
다가서고 싶은 내 마음은
태우기를 바라는 불씨처럼
너에게 영원한 촛불이 되고
너는 썰물이 되어 내게서 멀어져 가면
나는 쏠리는 모래가 되어
너의 품에 안기고

그대 앞에서

너와의 수많은 대화가
밤하늘 별이 되어
가느다란 내를 이루고
너의 빛나는 눈동자는
밤하늘 달이 되어
어두운 내 마음을 밝히련다

한잔의 술에 슬픔을 담고 마시리라
그대와의 기쁨만을 위해 슬픔을 삼키리라
뱃속에서 슬픔이 썩어 고통이 있다 해도
그대와의 만남엔 웃음만을 지으리
그대 앞에서 위선만 하리라
내 슬픔과 고통을 당신과의 사랑을 위해서
내 마음을 깊이 감추어 둘 수도 있습니다

해와 그림자

당신의 기쁨이
나에겐 슬픔인 것처럼 느껴집니다
당신께 가까이 할 수 없는
먼 구경꾼인 나에게
당신은 너무도 크신 임입니다

당신의 행복이
나에겐 불행인 것처럼 느껴집니다
당신과 이야기조차 나눌 수 없는
긴 그림자인 나에게
당신은 너무도 밝으신 해입니다

저는 달이 되고 싶습니다
어두운 밤하늘을 비추는
달이 되고 싶습니다
해이신 당신으로 인해
빛을 발하는 달이고 싶습니다

안개가 끼입니다
한 치 앞도 볼 수 없는 짙은 안개에
당신을 볼 수도 없습니다
저는 당신을 잃을 것만 같습니다

당신의 그림자

안개 속에 한 떨기 솜사탕
분홍빛 그늘이 드리우고
백설의 잔디 위에 아름다움은 당신
내 마음속의 장미입니다

황조 띤 눈웃음 속에 기쁨을 느끼다가
마음의 모퉁이에서 자라는
어린 놀람을 염려합니다

당신의 얼굴에 햇살은 바래지고
가시 위에 돋아난 생명의 눈물은
나만의 슬픔으로 피어납니다

꿈꾸는 빈 자리
퇴색한 검은빛 향기로
당신의 옛 그림자를 키우렵니다

기다림

어두운 거리에 홀로 앉아
너에 대한 나의 뜨거운 마음을 식힌다.
시간이 지나며 하얀 입김이 더해 가고
우리의 새끼손가락은 멀어져만 간다.

달 하나에 우리의 이야기를
별 하나에 오랜 조용함을
나 하나에 너를

너와 비슷한 사람이 지나가면
나의 실망은 더욱 커져만 간다.
오늘도 우둔한 사랑으로 너를 잃지만
난 늘 너를 생각한다.

3

여우비가 내리는 날

여우비가 내리는 날
행촌동 꼬마들은
해맑은 웃음으로
옥상에 올라
맨발로 물구나무서기를 한다
가슴이 하늘에 닿도록
길 가던 바람은
해를 안아 눕고
아이들 코끝에선
하늘과 땅 사이가
한 뼘 차이다

남산에서

난 여기 서 있소
잊힌 땅 남산에

산은 냄새를 잃어버렸소
온몸을 휘감은 드렁칡이
아스팔트 해질녘에 산의 신음이 들려오오
빈 가슴 메마른 입술에
말라붙은 가지 끝이 처량하여
때 아닌 빗자락에 봄을 그리지만
버림받은 산등성이에는 바람만이 한산하오

사방팔방 둘러보면 도시는 불바다요
인공의 빛다발로 도시의
밤은 겁탈을 당했소
강 너머 노을빛이 구름을 태우면
별들은 녹슨 철탑에 기억을 새기오
무너진 토성에 세월은 흔적을 남기오

하늘 가득히 잊었던 이름들을 불러보오
대답은 해묵은 어둠이 되어
등 뒤에서 세상을 묻어버리오
난 기억하려 하오, 그대의 이름을
그러나 죽어버린 산 위에는
메아리의 신음만이 공허하오

아바가

노래 부를 수 없다
메인 동굴 속으로 피신하는
피투성이의 어른 날짐승처럼
그리움만 사무쳐 땅속에 누워버린
친구를 찾아 헤매듯
이 밤이 왜 애통하나!
사른 벽지 위에 희미한 자국들이
퇴화한 육신의 배설뿐인
한 줌 기억의 잔상들
절로 잊어 베어버린 한 귀퉁이
일그러진 미소에
고여드는 하늘이 푸르다

잃어버린 추억

너를 그리워하는 것은 죄악이다
미련을 떨칠
아무런 추억거리도 가지지 않고
심줄 같은 모성애를 거역할 수 없다

빛을 피해 자꾸만 뒤돌아섰던
초라해 보이던 가녀린 어깨 위에
눈길이 맴돌고
사랑은 숨어 흐르는데

꿈에도 볼 수 없는 모습에
안타까움이 가슴을 저미고
흔들리는 울음은 영원한 바람이 된다

목마름으로 밀려나는 수면에
얼굴을 비추고
너의 초상을 새긴다

방황을 위한 사색

하늘이 달빛보다 부끄러워지면
이젠 밤이 모퉁이에 접어들고
벙어리 소년이 건네준 헤진 신문에
야광의 남산은 죄를 입고

벌거벗은 사람들이
순수할 수 있는
어둑한 세상이 나를 마신다

가진 것 다 날려버린
해거름의 시간
벗어버린 옷으로 얼굴을 가리고
모두가
남

별빛도 그림자에 가리어
처량한 달만이
깨어짐 없이 되물려 받는 삶의 균열 속에

땅을 보며 미소 짓는다

이젠 밤인가
수많은 약속 위에 닳아빠진 육신을
달아나는 불꽃들에 뉘이며
잠을 청한다

집시의 눈물

그대 잠깨어라
동녘 자락에 태양이 떠오르고 있다
지구의 절반을 불태우며
어제의 슬픔을, 외로움을
그대의 발치로 밀어내고 있지 않은가

그대 길을 떠나라
아련한 광야의 불거진 근육들이 너를 부른다
회오리쳐 감아 도는 모래기둥이 너의 등을 떠밀고
저 북녘 얼음의 땅에서 생명을 찾아
사자死者들의 한숨이
차가운 소금기 머금고 몰아쳐 온
너의 어깨를 밀치고 있지 않은가

아, 끓어오르는 애증이여
누구도 사랑할 수 없는 천형天刑을 안고
태어난 외로운 방랑자여
눈에는 언제나

하늘에 대한 분노의 물기가 고여 있구나
한밤의 별빛처럼 청정한 빛이 흐르는구나
가슴에는 피끓는 사랑이 그득하구나

창틈의 빛

창틈으로 새어 들어온 실빛으로
사각의 연기 기둥이 형성된다
파리들은 벽에 붙어
먹이를 찾고 있다

골목

며칠 전부터
집 앞 골목이 웅크리고 앉아
멀뚱한 눈을 껌벅이며
나를 주시하기 시작했다

방울 소리

비가 내리던 목요일에는
문 앞 지붕 밑으로
외방울 소리가 다가섰다.
붙박이 창문을 뒤돌아보며
팔등에 소름이 돋는 것은
청승맞게 울던
고양이 밤울음 기억 때문이다.
달빛도 성에가 끼었던 목요일 밤에
코흘리개 구두닦이 소년이
얼다 만 잠 속으로
미끄러져 들어간 것은
방울 들고 뛰어놀던
누이의 버선발 때문이다.

비가 내리던 목요일에
문 앞 지붕 밑으로
외방울 소리가 다가선 것은.

북한산에서

한 무리의 까마귀 떼가
바람을 내던지고 날아갔다
하늘은 떨고 있었다
다시 천둥을 내던지고 달아났다
사중일방四中一方에서 먹구름이 몰려왔다
그 결에 바람이 거세졌다
땅이 울었다
60도로 기울어진 절벽에 서서
미끄럼 타는 아이 둘을 내려다보았다
내려가고 싶은 무서움이 간절하다
어머니 생각이 났다
내려왔다
가지 끝에 비닐봉지가 걸려 있다
내려왔다
땀이 났다
다리가 아프다
기다리던 버스는 거부했다
걸어서 내려왔다

이무기 일지 日誌

그들은 스멀스멀 이무기로 기어들어오기 시작했다
　　　인생의 하품처럼 무더기로 맡겼다

그래서
우리는 같이 숨쉬며 그렇게 떠내려가기 시작했다
　　　알지도 못하면서
　　　우리에게 한마디씩 거짓말을 하며
　　　상대방의 가면을
　　　덕지덕지 찍어 바르기를 즐기면서
　　　아직도 시간의 흐름을 망각한 채

　　가족,　그처럼 무관심한 애정으로
　　　　　서로의 끈을 안고 있는
　　　　　살냄새 나는 공간이 되어서

그날 형은

취한 비명에 놀라
새파랗게 질린 얼굴로
설익은 감들이 떨어졌다

허기의 눈물이 가득한 고양이가
향기만 맡고
버릇처럼 지붕 위로 튀어올랐다

지붕 위 달빛은
행촌동 오솔길 같은 화강암 성벽
그 위에도 간간이 한숨을 내뱉고
비틀거리며 걷다가
허리춤께로 떨어졌다

내가 너를 만날 때

비가 개이고 난 뒤의 창신동 아스팔트는
거울 장수들의 장날이다
파란 하늘은 새침스럽게 바다가 되고
엄마 손잡은 아이도 담배를 쥔 노인네의 손도
마을 버스의 타이어도 아낙네의 시장 바구니도
가지 끝에 걸린 빨간 해도 노을도
포장마차의 술잔도 가로등 밑의 토사물도
바다가 되고 바다가 되고
내가 비가 거울이
바다가 되고 다시 거울이 되고

서커스
— 링 묘기

마산 돝섬에는 미인과 돼지가 있었다

위험한 여자,
몸뚱어리는 아득한 지상으로 던져버리고
눈물로 씻은 머리카락 한 올 한 올을
비로 뿌리는 여인
바람에 실려 내 가슴을 애무하는
살아 있는 여자

그 여인은 옷을 입고 있었다
승천하지 못하였다
내일도 가느란 두 줄기 눈물에 매달려
나를 비웃고 있을 것이다

마산 돝섬에는 청동의 돼지가 있다

배설

밤이면 외출을 한다
여지없는 아랫배를 움켜쥐고
어둠이 둘러싼 그늘로
계획된 도시를 헤매이며
웅크릴 자리를 찾는다

어제의 길을 더듬으며
흩트리는 지난 추억들로
온몸에 피곤을 느끼고
허연 입김을 뿜으며 내딛는
감춰진 걸음

자욱이 그립다
단절된 시간 속에 그네의 터는
암흑의 순간들로 밀려나고
비릿한 언어들이 눈가를 스치면
굳어버린 얼굴에 경련이 일어

생명이 부서진 자리에 그어지는
수많은 기억들이
후―
통증이 온다
가느다란 실낱처럼
손마디를 빠져나간다

안개에 깃발을 감싸고

멍든 가슴
실타래로 풀어놓고
허연 한숨을
이마로 내어뿜으며
광릉길 수목들 사이로
비 젖은 나무 둘 걸어간다
신발 끄는 소리가
어둠을 불러 오면
길은 도로를 벗어나
풀벌레들의 늦은 귀가처럼
수풀 속으로 숨어들고
멀리 습한 가로등이
띄엄띄엄 손짓을 한다

가을 환상

내 발을 덮은 낙엽들을 쓸어줄 바람은
어디서 불어올 것인가
벤치 위에 떨어진 사십 대의 옷자락처럼
그렇게 낙엽들 사이를 뒹굴어야 한단 말인가

초겨울의 열병 같은 몽유는 살아나지 않을 것
당신은 골목 어귀쯤 잠시 서 있다가
누군가를 기다리듯이 가버릴 수도 있다
당신의 흔적조차 사라지듯이

가을이 묶여 있는 쇼윈도 안의 밤
저만치 도로를 횡단하는 사람들을 무심히
무심히 쳐다보는 벌거벗은 나무로 서서
나는 겨울 속으로 탈출을 감행해야 하는가

철로변 아이 둘

숲속의 섬을 에누리로 탈출한
교외선 낡은 화통이
백마의 어깨를 스치며 질주한다

역사驛舍를 돌아
저놈의 발자국을 따라가자고

땅 봐!
오백 원짜리 학이 담배꽁초라도 물고
우리에게 눈웃음을 치는지

철로변 갈대의 손을 얼굴에 부비며
달아나는 저녁의 꼬리를 잡아
자갈에 긁히며 산촌으로 가자고

서울행 기차표 두 장과
우리의 부끄러움을 교환하게 된
어둠의 길목을 느껴보라고

열차는 시큰둥 굴 속으로 빨려들고

가다가다 가끔씩
철로변 똥무더기 같은 승객을 싸질러놓고
신촌역에선 우―엑
나머지를 다 토해버리고 나서
텅텅거리며 초가을 낙엽들을 씹고 있는
저 녀석의 이빨 언저리를 깨물어주자고

어―이, 여보게들
조심해야지, 다치겠어!
우리도 자네 같은 자식이 있는데

여의도

노을이 감염된 나뭇가지 사이에
새 둘 기대어 앉아 있다

날지 않을 것 같은 모습이었어

철로는 배를 깔고 누워
그들 곁으로 혀를 날름거리고

섬에서 온 갈매기 한 마리
부유浮遊하는 알몸의 해를 물고
강가에 앉아 눈물을 흘리고 있다

강물은 바다로 갈 수 있을까

썩은 나무뭉치 하나가
파도 소리 출렁이며 떠오르고 있다

망우리 소묘

1.

수림 사이의 아스팔트 길 위로
두 사람 비에 젖어 걸어간다
먼 산은 사색이 되어 있다
인가는 보이지 않는다
간간이 그들의 그림자가
바람에 얽혀들기도 한다

2.

어둠은 풀벌레들의 늦은 귀가처럼
그들의 주위로 숨어들었다
바다로 가는 도로는 냄새를 잃고
그 둘은 어깨를 기대어 나무로 섰다
산 너머 별 하나가 투명하다

3.

간간이 사람들은 이 길을 지나가기도 했다

공포

번개가 치다
산 속을 헤매던 들개가
피를 토하다
여인은 웃을 줄 알다
공포는 비와 뒹굴다

공존

안경과 랜턴과 라이터
담뱃갑과 연기와 재떨이
물통
잠
꿈을 꾸어주는 사람
비
사각의 탁자 위에는
이러한 세상이 공존했다
나를 끌어당기고 있었다

운정역

허름한 시멘트 벽
과거의 가난한 공간으로
아직도 서 있는
노인의 방

자서自書

많은 말을 하지 말자
언 마음을 녹이려
흡연실로 달려가는 발길
고엽 속에 묻혀 가는
내 몸의 오한을 위하여
폐 속을 나드는 연기처럼

— 김상택

우리 친구 상택이의 글을 여러분께 소개합니다

누구의 말처럼 젊다는 말도 어울리지 않을 만큼 어린 나이의 메모이자 일기입니다. 어쩌면 누구에게도 보이고 싶지 않은 고백일 수도 있습니다. 그럼에도, 너무 일찍 세상을 떠나버린 친구를 안타까워하며 상택이의 글을 책으로 엮습니다.

— 영웅, 재민, 혁진

꽃향기로 언제까지나 우리 곁에

홍영철(시인)

2500년이 지났지만 늘 새로운 말이 있다. 중국 춘추시대의 사상가 공자孔子는 당시 전해 오던 시 가운데 300여 편을 가려 뽑고 정리하여 〈시경詩經〉이라는 책으로 엮은 뒤 이렇게 말했다.

"시 삼백 편을 한마디로 말하자면 생각함에 간사함이 없다는 것이다.[詩三百 一言以蔽之曰 思無邪]"

사무사思無邪—생각함에 거짓과 악함이 없다는 뜻이다. 그는 간사한 마음이 들어 있지 않는 것이 좋은 시의 전형이라고 보았다. 이후 지금까지 이 말은 시뿐만 아니라 예술정신의 중요한 기준으로 제시되고 있다.

2400년 전 고대 그리스의 철학자 플라톤Platon은 꽃향기를 예시로 이와 비슷한 얘기를 했다. 꽃향기를 맡을 때 상쾌한 느낌을 받는다. 그 기분은 허기나 갈증 또는 가려운 데를 긁는 일처럼 목적과 이유를 동반하지 않으며, 술이나 약물처럼 후유증을 남기지도 않는다. 그야말로 순수한 기쁨이요 즐거움이다. 시는 그래야 한다는 것이다. 그는 사람의 감정을 비이성적으로 들끓

게 하는 작품이나 작가를 부정적인 존재로 비판했다.

시는 살아가면서 느끼는 여러 종류의 감흥을 함축적이고 상징적이며 운율적인 언어로 표현한 글을 말한다. 수필이나 소설 같은 산문과는 달리 시가 언뜻 이해하기 어려울 수 있는 것은 함축적이고 상징적이기 때문이다. 행을 짤막하게 나눈 글이라고 해서 모두 시가 되는 것은 아니다. 은유적이고 비유적이기 때문에 시 한 편을 오롯이 이해하기 위해서는 긴 소설 한 편을 읽는 만큼의 시간이 필요할 수도 있다.

나는 이 시집의 작자인 김상택을 만난 적이 없다. 그는 1993년 스물한 살 때 훌쩍 하늘나라로 떠나버려 지금 이 세상에 없다. 그러나 알음알음으로 내게 온 그의 시편들을 기꺼이 정리하기로 작정했다. 사랑하는 벗들이 친구의 흔적들을 애써 모은 원고였다. 갖가지 종류의 낡은 종이 위에 적힌 글자들은 시간의 흐름을 견디지 못한 듯 희미해져 가고 있었다. 빛이 너무 바래 육안으로 해독할 수 없는 것들은 컴퓨터의 힘도 빌리며 가급적 원문에 충실하려 애썼다. 혹시나 부스러질까 한 장씩 조심스레 넘기는 내내 가슴 저 밑바닥에서 두 개의 뜨거운 감정이 일렁이는 것을 느꼈다. 폐지함에 던져져도 아무도 모를 종이 조각들을 일일이 모아 보관해온 친구들의 지극정성이 놀라웠고, 그 위에 적힌 글 속에 담겨 있는 처연한 의미가 놀라웠다.

김상택의 작품에서 읽히는 시적 주제는 자기 성찰이다. 스스로의 마음을 살피고 돌아보는 탐구와 모색은 거의 모든 작품을

관통하고 있다. 그는 깨어 있는 시간이면 어디에서나 자신과 대면한다. 분주한 낮부터 고요한 밤에 이르기까지 거리에서, 숲속에서, 바닷가에서, 방 안에서 자신과 만나고 가식 없이 대화한다. 사랑의 감정을 표현하면서도 철저하게 자신의 내면을 들여다보고 있다.

그가 사물을 바라보는 시선은 신선하고 감각적이다. 기성품처럼 정형화되기 이전의 원시성이 고스란히 간직되어 있다. 고정관념으로 굳어지지 않은 감정이 자유로운 시어로 나타나고 있는 것이다. 그래서 독자의 눈에는 다소 어색하고 난해하게 비칠 수도 있다. 하지만 그것이 바로 그의 시들을 날것 그대로 살아 있게 하는 요인이다. 이미 고도의 수사학을 습득한 문장가의 손에서는 그러한 원형의 표현력이 나오지 못한다. 세계의 많은 명시가 대개 젊은 시절 이전에 쓰였다는 것을 보면 그것이 얼마나 중요한 요소인지 알 수 있다.

김상택은 세상을 과도기의 연속으로 보는 신화적 세계인식을 갖고 있는 것 같다. 그의 시들이 얼핏 허무주의로 비치는 것도 이 때문이다. 그러나 작자의 눈에 비친 사물이나 현상은 아무런 가치도 없는 부정적인 존재가 아니라 끊임없이 성찰하고 추구해야 할 대상이라는 점을 독자는 지나쳐서는 안 된다.

이와 같은 의미에서 작품 속의 낱말들을 엮어 시집 제목을 〈너는 바람으로 구름으로 내 곁에〉로 지었다. 어떤 한 상태로 끝맺어져서 소멸되지 않고 또 다른 모습으로 마주하는 것이 삶

이요 예술이다. 그의 몸은 떠났으나 그의 영혼은 이제 75편의 시로 남아 언제까지나 우리 곁에 있을 것이다. 그런 뜻에서 흔히 쓰는 '유고집'이란 말도 붙이지 않았다. 창작 시기와 시적 분위기를 감안해서 3부로 나누었는데, 보다 이른 작품이라 판단되는 것을 주로 앞쪽에 실었다.

나는 작가의 약력에 곧잘 따라붙는 '등단' 또는 '데뷔'라는 말을 그리 달가워하지 않는다. 돈이나 명예 같은 현실적인 이득 따위가 뒤따르는 무슨 자격증도 아니고, 그저 스스로 좋아서 '간사하지 않은 꽃향기'를 창작하겠다는데 누구의 심사와 허락이 필요하다는 말인가? 나는 그 이름에다 당당히 시인이라는 수식어를 바친다.

김상택 시인….

그의 싱싱한 언어들 사이에서 자나 깨나 시를 생각하던 나의 문학청년 시절을 만나는 것 같아 눈물겨웠다. 그가 살아서 정진을 계속했더라면 아주 훌륭한 시인이 되지 않았을까 싶다. 고운 친구들의 따뜻한 사랑에 이끌려 세상에 나오는 시집 〈너는 바람으로 구름으로 내 곁에〉로 김상택 시인의 시혼이 기뻐하기를 바라 마지않는다.

— 2023년 늦겨울과 초봄 사이

너는 바람으로 구름으로 내 곁에

2023년 3월 3일 1판 1쇄 발행

지은이 | 김상택

펴낸이 | 홍영철

펴낸곳 | 홍영사

주소 | 03150 서울시 종로구 우정국로 45-11, 4층 (동산빌딩)

전화 | (02)736-1218

이메일 | hongyocu@hanmail.net

등록번호 | 제300-2004-135호

ⓒ 김상택, 2023

ISBN 978-89-92700-27-6 (03810)

값 12,000원